수난 이대

도서출판 아시아에서는 《바이링궐 에디션 한국 현대 소설》을 기획하여 한국의 우수한 문학을 주제별로 엄선해 국내외 독자들에게 소개합니다. 이 기획은 국내외 우수한 번역가들이 참여하여 원작의 품격을 최대한 살렸습니다. 문학을 통해 아시아의 정체성과 가치를 살피는 데 주력해 온 도서출판 아시아는 한국인의 삶을 넓고 깊게 이해하는 데 이 기획이 기여하기를 기대합니다.

Asia Publishers present some of the very best modern Korean literature to readers worldwide through its new Korean literature series ⟨Bi-lingual Edition Modern Korean Literature⟩. We are proud and happy to offer it in the most authoritative translation by renowned translators of Korean literature. We hope that this series helps to build solid bridges between citizens of the world and Koreans through rich in-depth understanding of Korea.

바이링궐 에디션 한국 현대 소설 **027**

Bi-lingual Edition Modern Korean Literature 027

The Suffering of Two Generations

하근찬

수난 이대

Ha Geun-chan

ASIA

PUBLISHERS

Contents

수난 이대

The Suffering of Two Generations

'아들이 돌아온다. 아들 진수(鎭守)가 살아서 돌아온다. 아무개는 전사했다는 통지가 왔고 아무개 아무개는 죽었는지 살았는지 통 소식도 없는데 우리 진수는 살아서 오늘 돌아오는 것이다.'

생각할수록 어깻바람이 날 일이었다. 그래 그런지 몰라도 박만도(朴萬道)는 여느 때 같으면 아무래도 한두 군데 앉아 쉬어야 넘어설 수 있는 용머릿재를 단숨에 올라채고 만 것이다. 가슴이 펄럭이고 허벅지가 뻐근했다. 그러나 그는 고갯마루에서도 좀 쉴 생각을 하지 않는다. 들 건너 멀리 바라보이는 정거장에서 연기가 물씬물씬 피어오르며 삐익— 하고 기적소리가 들려왔기 때문이다. 아들이

Jinsu is coming back. Jinsu is alive and coming back. The notification came that one man had been killed in action; there was no news at all about another man, whether he had died or lived; but our Jinsu was alive and coming back today. The more one thought about it, the more reason there was for an elated swing to the shoulders. Perhaps that was the reason Bak Mando, who would normally have to sit and rest, well, at least twice, before he could crest Dragon Ridge, had gone up and over in one burst. His heart was fluttering, and there was a dull ache all through the fleshy part of his thighs, but he didn't think of resting even at the top of the ridge,

타고 내려 올 기차는 점심때가 가까워서야 도착한다는 것을 모르는 바 아니었다. 해가 이제 겨우 산등성이 위로 한 뼘가량 떠올랐으니 오정이 되려면 아직 차례 멀은 것이다. 그러나 그는 공연히 마음이 바빴다.

'까짓것 잠시 앉아 쉬면 뭣 할 것이고.'

손가락으로 한쪽 콧구멍을 찍 누르면서 팽 하고 마른 코를 풀어 던졌다. 다른 쪽도 그렇게 했다. 그리고 휘청휘청 고갯길을 내려가는 것이었다. 내리막은 오르막에 비하면 아무것도 아니었다. 대구 팔을 흔들라 치면 절로 굴러 내려가는 것이다. 만도는 오른쪽 팔만을 앞뒤로 흔들고 있었다. 왼쪽 팔은 조끼 주머니에 아무렇게나 쑤셔 넣고 있는 것이다.

'삼대독자가 죽다니 말이 되나. 살아서 돌아와야 일이 옳고말고. 그런데 병원에서 나온다 하니 어디를 좀 다치기는 다친 모양이지만 설마 나같이 이렇게사 되지 않았겠지.'

만도는 왼쪽 조끼 주머니에 꽂힌 소맷자락을 내려다보았다. 그 소맷자락 그것뿐이 어깨 밑으로 덜렁 처져 있는 것이다. 그래서 노상 그쪽은 조끼 주머니 속에 꽂혀 있는 것이다.

because across the fields, far away in the distance where the station could be seen, little clouds of smoke were puffing up into the sky, and he could hear the scream of a steam whistle. The train his son was on wouldn't get in till near midday. He wasn't unaware of this. And right now the sun was barely a hand's span above the ridge, so that it would be a long time yet till noon. But somehow he felt a sense of urgency. *To hell with it! What was the point in a minute's rest.* He pressed a finger on one nostril, blew, and cleared his nose—it was dry anyway. Then off he went again, swinging down the mountain road.

The road down was nothing compared to the road up. All he had to do was keep his legs moving; his own momentum brought him rolling down. Mando only swung his right arm. His left arm was stuck roughly in the pocket of his vest. *The third genera-tion of only sons—it was unthinkable that he would die! It was only right that he should come back alive. But he said he was getting out of the hospital, he must have had some little injury or other. Surely he couldn't be the way I am?* Mando looked down at the sleeve stuck in the left pocket of his vest. There was nothing inside that sleeve. Just a drooping

'볼기짝이나 장딴지 같은 데를 총알이 약간 스쳐 갔을 따름이겠지. 나처럼 팔뚝 하나가 몽땅 달아날 지경이었다면 그 엄살스런 놈이 견디어 냈을 턱이 없고말고.'

슬며시 걱정이 되기도 하는 듯, 그는 속으로 이런 소리를 주워섬겼다. 내리막길은 빨랐다. 벌써 고갯마루가 저만큼 높이 쳐다보이는 것이다. 산모퉁이를 돌아서면 이제 들판이었다. 내리막길을 쏘아 내려온 기운 그대로, 만도는 들길을 잰걸음 쳐 나가다가, 개천 뚝에 이르러서야 걸음을 멈추었다.

외나무다리가 놓여 있는 조그마한 시냇물이었다. 한여름 장마철에는 들어설라 치면 배꼽이 묻히는 수도 있었지마는, 요즈막엔 무릎이 잠길 듯 말 듯한 물인 것이다. 가을이 깊어지면서부터 물은 밑바닥이 환히 들여다보일 만큼 맑아져 갔다. 소리도 없이 미끄러져 내려가는 물을 가만히 내려다보고 있으면, 절로 이뿌리가 시려 오는 것이다.

만도는 물기슭에 내려가서 쭈그리고 앉아 한 손으로 고의춤을 풀어 헤쳤다. 오줌을 찌익— 갈기는 것이었다. 거울 면처럼 맑은 물 위에 오줌이 가서 부글부글 끓어오르며, 뿌우연 거품을 이루니 여기저기서 물고기 떼가 모여들었다. 제법 엄지손가락만씩 한 피리도 여러 마리였다.

sleeve, flapping from his shoulder. That's why it was stuck in the pocket of his vest. *Probably only a bullet that had grazed his buttocks or the calf of his leg, or somewhere like that. That was probably the extent of it. If he were like me, an arm gone completely, he would never stick it, not that crybaby, never!* He rambled on like this to himself, as if worry were stealing in upon him.

The road down was fast. Already the top of the ridge was far above. Round the heel of the mountain and he would be on the flatland. Mando struck out on the path through the fields with the same energy he had shown shooting downhill, and he didn't stop till he reached the bank of a stream. It was a tiny stream, bridged by a single log. In the middle of the rainy season, the water might come up above Mando's navel, but right now it was doubtful if there was enough water to cover his knees. From late autumn on, the water became clear enough to see the bottom plainly. Looking down at the water sliding by noiselessly set a man's teeth on edge.

Mando went down to the water's edge. He crouched and with one hand opened the front of his trousers. There was a hiss of flowing urine. The

'한 바가치 잡아서 회쳐 놓고 한잔 쭈욱 들이켰으면……'

군침이 목구멍에서 꿀꺽하였다. 고기 떼를 향해서 마른 코를 팽팽 풀어 던지고, 그는 외나무다리를 조심히 딛는 것이었다.

얼마 길이가 되지 않는 다리였으나 아래로 물을 내려다 보면, 제법 아찔하기도 했다. 그는 이 외나무다리를 퍽 조심하는 것이다. 언젠가 한번 읍에서 술이 꽤 되어 가지고 흥청거리며 돌아오다가, 물에 굴러 떨어진 일이 있었던 것이다. 지나치는 사람이 없었기에 망정이지, 누가 보았더라면 큰 웃음거리가 될 뻔했었다. 이른 가을철이었기 때문에 옷을 벗어 뚝에 늘어놓고 말릴 수는 있었으나, 여간 창피스러운 것이 아니었다. 옷이 말짱 젖었다거나, 옷이 마를 때까지 발가벗고 기다려야 한다거나, 해서가 아니었다. 팔뚝 하나가 몽땅 잘라져 나간 숭한 몸뚱아리를, 하늘 앞에 드러내 놓고 있어야 했기 때문이었다. 지나치는 사람이 있을라 치면, 하는 수 없이 물속으로 뛰어들어가서 얼굴만 내놓고 앉아 있었다. 물이 썬득해서 아래턱이 덜덜거렸으나, 오그라붙는 사타구니께를 한 손으로 꽉 움켜쥐고, 버티는 수밖에 없었다.

"흐흐흐……."

urine fell on the mirror-clear water, bubbling and frothing till it formed a whitish foam around which groups of fish began to gather. There were quite a lot of dace there, all about as big as a man's thumb. If only he could catch a gourd full of them, slice them up, eat them raw and take a long drink of wine... Saliva gurgled in his throat. He set his face in the direction of the fish, snorted and cleared his nose—it was clear anyway—and stepped carefully on to the log bridge.

Although the bridge wasn't very long, it made him dizzy to look down at the water. He was extremely careful of this log bridge. Once, when he had had a lot to drink in town and was on his way back home in great high spirits, he had rolled off into the water. Luckily, there hadn't been anyone passing, for if anyone had seen him, chances are he would have become a laughing stock. Actually, all he did was strain his wrist a little; he had no serious injury. Because it was early autumn, he was able to take off his clothes and spread them out on the bank to dry, but nonetheless it was no small embarrassment. Not because his clothes were completely soaked, not because he had to wait there naked till his clothes dried, but because he had to stand there

그때 일을 생각하면, 지금도 곧 웃음이 터져 나오는 것이다. 하늘로 쳐들던 콧구멍이 연신 벌름거렸다.

개천을 건너서 논두렁길을 한참 부지런히 걸어가노라면 읍으로 들어가는 행길이 나선다. 도로변에 먼지를 부옇게 덮어쓰고 도사리고 앉아 있는 초가집은 주막이었다. 만도가 읍을 나올 때마다 꼭 한 번씩 들리곤 하는 단골집인 것이다. 이 집 눈썹이 짙은 여편네와는 예사로 농을 주고받는 사이였다. 술방 문턱을 넘어서며 만도가

"서방님 들어가신다."

하면, 여편네는

"아이 문둥아 어서 오니라."

하는 것이 인사처럼 되어 있었다. 만도는 여간 언짢은 일이 있어도 이 여편네의 궁둥이 곁에 가서 붙어 앉으면 속이 저절로 쑥 내려가는 것이었다.

주막 안을 지나치면서 만도는 술방 문을 열어볼까 했으나, 방문 앞에 신이 여러 켤레 널려 있고 방 안에서는 지금 웃음소리가 요란하기 때문에 돌아오는 길에 들리기로 하였다.

신작로에 나서면 금시 읍이었다.

만도는 읍 들머리에서 잠시 망설이다가, 정거장 쪽과는

with his grotesque body, one arm cut off at the stump, bared to heaven. When someone passed by, he had to jump into the water and sit there with just his head showing. The water was stinging cold and his lower jaw kept rattling, but all he could do was hold on to his shriveled crotch with his one hand and suffer it out.

"Ho, ho, ho," he burst out laughing even now when he thought of it. His turned-up nose twitched continuously.

On the far side of the stream, a short brisk walk along the little dikes which ran between the rice fields led to a main road that went right into town. The thatched house squatting at the side of the road, blanketed greyly in dust, was a tavern. Mando was a regular at this house, never failing to drop in whenever he came to town. He was on joking terms with the heavy-eyebrowed woman of the house. Crossing the threshold of the drinking room Mando would say, "Your husband is coming. And she would say, "Come on in, you're as hard to meet as a leper"

It had become their standard greeting. Even when things weren't going so good for Mando, everything inside him seemed to calm down when he sat

반대되는 방향으로 걸음을 놓았다. 장거리를 찾아가는 것이었다.

'진수가 돌아오는데 고등어나 한 손 사 가지고 가야 될거 아니가.'

싶어서였다. 장날은 아니었으나, 고깃전에는 없는 고기가 없었다. 이것을 살까 하면 저것이 좋아 보이고, 그것을 사러 가면 또 그 옆에 것이 먹음직해 보이는 것이었다. 한참 이리저리 서성거리다가 결국은 고등어 한 손이었다. 그것을 달랑달랑 들고 정거장을 향해 가는데, 겨드랑 밑이 간질간질해왔다. 그러나 한쪽밖에 없는 손에 고등어를 들었으니 참 딱했다. 어깻죽지를 연신 위아래로 움직거리는 수뿐이었다.

정거장 대합실에 들어선 만도는 먼저 벽에 걸린 시계부터 바라보았다. 두 시 이십 분이었다.

'벌써 두 시 이십 분이라니 내가 잘못 보나?'

아무리 두 눈을 씻어 보아도, 시계는 틀림없는 두 시 이십 분인 것이다. 한쪽 걸상에 가서 궁둥이를 붙이면서도 곧장 미심쩍어 했다.

'두 시 이십 분이라니, 그러면 벌써 점심때가 지웠단 말이가?'

beside this woman.

As he passed the tavern, Mando wondered if he would open the door of the drinking room, but there were several pairs of shoes lying outside the door and boisterous laughter coming from within, so he decided that he would drop in on his way back.

Once on the new road, you're in town in no time. Mando hesitated for a moment at the edge of the town, then turned to go in the opposite direction, towards the station. He was going to the market. With Jinsu coming back, he felt he should buy a few mackerel to bring home. Although it wasn't market day, every fish in the sea was in the fish market. When he was making up his mind to buy one, another would look good, and then when he went to buy something else, what was beside it looked very inviting. He went back and forth several times, but in the end he settled for the mackerel. As he went towards the station with the fish flapping in his hand, his armpit began to itch. It was really awkward—only one arm, and it carrying the mackerel. All he could do was keep moving his shoulders up and down. When he stepped into the waiting room of the station, the first thing he looked

말도 아닌 것이다. 자세히 보니 시계는 유리가 깨어졌고, 먼지가 꺼멓게 앉아 있었다.

'그러면 그렇지.'

엉터리였다. 벌써 그렇게 되었을 리가 없는 것이다.

"여보이소 지금 몇 싱교?"

맞은편에 앉은 양복쟁이한테 물어보았다.

"열 시 사십 분이요."

"예, 그렇교."

만도는 고개를 굽신하고는 두 눈을 연신 껌벅거렸다.

'열 시 사십 분이라, 보자 그러면 아직도 한 시간이나 넘어 남았구나.'

그는 이제 안심이 되는 듯 후웅 하고 숨을 내쉬었다. 권연을 한 개 빼 물고 불을 당겼다. 정거장 대합실에 와서 이렇게 도사리고 앉아 있노라면, 만도는 곧장 생각하는 일이 한 가지 있었다. 그 일이 머리에 떠오르면, 등골을 찬 기운이 좍 스쳐 내려가는 것이다. 손가락이 시퍼렇게 굳어져서 마치 이끼 낀 나무토막 같은 팔뚝이 지금도 저만큼 눈앞에 보이는 듯하였다.

바로 이 정거장 마당에 백 명 남짓한 사람들이 모여 웅성거리고 있었다. 그중에는 만도도 섞여 있었다. 기차를

at was the clock on the wall. It was twenty past two. *Twenty past two already, could I be mistaken?* But no matter how he rubbed his eyes, the clock still said the same twenty past two. He went to a bench on one side, stuck his rump to it and immediately began to have doubts. *Twenty past two, well then, it's already past lunchtime.* That couldn't be. On careful inspection, he saw that the glass of the clock was broken and that there was a black ring of dust sitting on it. *Well, that's that.* It's wrong. It couldn't be that time already.

"What time is it?" he asked a man dressed in western clothes who was sitting opposite him.

"It's twenty to eleven."

"Ah, so."

Mando bowed and kept blinking his eyes. *Twenty to eleven,* he said, *let's see, then there's still over an hour left.* He let out a long breath as if he could relax now. He took out a cigarette, put it in his mouth and lit it. Whenever Mando sat down cross-legged in the waiting room of a station, one scene invariably came to his mind. And a shiver tingled down his spine at the thought. Now, too, he could almost see that stump, fingers blue-black and rigid, like a moss-covered block of wood.

기다리고 있는 것이었으나, 그들은 모두 자기네들이 어디로 가는 것인지 모르는 것이었다. 그저 기차를 타라면 탈 사람들인 것이었다. 징용에 끌려 나가는 사람들이었다. 그러니까, 지금으로부터 십이삼 년 옛날의 이야기인 것이다.

북해도 탄광으로 갈 것이라는 사람도 있었고 틀림없이 남양군도로 간다는 사람도 있었다. 더러는 만주로 갔으면 좋겠다고 하는 것이었다. 만도는 북해도가 아니면 남양군도일 것이라고 거기도 아니면 만주겠지. 설마 저희들이 하늘 밖으로사 끌고 갈까 부냐고 아무렇지도 않은 듯이 그 들창코로 담배 연기를 푹푹 내뿜고 있었다. 그런데 마음이 좀 덜 좋은 것은 마누라가 저쪽 변소 모퉁이 사구라 나무 밑에 우두커니 서서 한눈도 안 팔고 이쪽만을 바라보고 있는 때문이었다. 그래서 그는 주머니 속에 성냥을 두고도 옆에 사람에게 불을 빌리자고 하며 슬며시 돌아서 버리곤 했었다. 홈으로 나가면서 뒤를 돌아보니 마누라는 울 밖에 서서 수건으로 코를 눌러대고 있는 것이었다. 만도는 코허리가 씽했다. 기차가 꽥꽥 소리를 지르면서 덜커덩하고 움직이기 시작했을 때는 정말 속이 덜 좋았다. 눈앞이 뿌우옇게 흐려지는 것을 어쩌지 못했다. 그러나 정거장이 가아맣게 멀어져 가고 차창 밖으로 새로운 풍경

It was in this station yard that the hundred or more men had gathered and squatted down. Mando was among them. Although they were all waiting for the train, none of them knew where they were going. They were just people who would get on the train when they were told to get on. They were forced conscripts. That would be twelve or thirteen years ago—an old story.

Some said they were going to the coal mines in Hokkaido, and some said it was to the South Sea Islands. There were even some who wanted to go to Manchuria. As far as Mando was concerned, it would be Hokkaido or the South Sea Islands, or if not, then certainly Manchuria. No matter where they drag us, the sky will still be the same, he was saying, completely indifferent, as he kept blowing puffs of cigarette smoke through his turned-up nose. But there was something which made him feel less good—his wife was standing over there beneath the cherry tree at one corner of the lavatory, a blank look on her face as she stared fixedly in his direction. That was why he left his matches in his pocket and turned away furtively from her to ask the man beside him for a light. And when he was going out on the platform, he looked behind and saw his wife

이 획획 날라 들자 이제 아무렇지도 않아지는 것이었다. 오히려 기분이 유쾌해지는 듯하였다.

바다를 본 것도 처음이었고, 그처럼 큰 배에 몸을 실어 본 것은 더구나 처음이었다. 배 밑창에 엎드려서 팩팩 게 워내는 사람들이 많았으나, 만도는 그저 골이 좀 떵했을 뿐 아무렇지도 않았다. 더러는 하루에 두 개씩 주는 뭉칫 밥을 남기기도 했으나, 그는 한꺼번에 하루 것을 뚝딱해 도 시원찮았다. 모두들 내릴 준비를 하라는 명령이 내린 것은 사흘째 되는 날 황혼 때였다. 제가끔 봇짐을 챙기기 에 바빴다. 만도는 호박 한 덩이만 한 보따리를 옆구리에 덜렁 찼다. 갑판 위에 올라가 보니, 하늘은 활활 타오르고 있고, 바닷물은 불에 녹은 쇠처럼 벌겋게 우쭐렁거리고 있었다. 지금 막 태양이 물 위로 뚜욱 떨어져 가는 것이었 다. 햇덩어리가 어쩌면 그렇게 크고 붉은지 정말 처음이 었다. 그리고 바다 위에 주황빛으로 번쩍거리는 커다란 산이 동동 떠 있는 것이었다. 무시무시하도록 황홀한 광 경에 일동은 딱 벌어진 입을 다물 줄을 몰랐다. 만도는 어 깨마루를 번쩍 들어 올리면서, 히야— 하고 고함을 질러 댔다. 그러나 그처럼 좋아할 건덕지는 못되는 것이었다. 섬에서 그들을 기다리고 있는 것은 숨 막히는 더위와 강제

standing on the far side of the fence, a handkerchief pressed to her nose. There was a stinging sensation in the bridge of Mando's nose. And when the train whistled and began to rumble into movement, it grew even worse. He couldn't control the tears that began to flow from his eyes. But when the station was just a black spot in the distance, and new scenes began to jerk past the windows, he became quite indifferent again. In fact, he even seemed to get into a pleasant frame of mind.

It was the first time he had seen the sea, and the first time, of course, that he had ever been on such a big boat. There were a lot of people prostrate in the bottom of the boat, retching and vomiting, but Mando was all right; all he had was a dull headache. Some didn't finish the two balls of rice they were given each day, but he wasn't satisfied even if he gobbled down a whole day's rations at once.

The order to prepare for disembarkation came at dusk on the fourth day. Each man was busy getting his roll together. Mando attached his to his side where it swung freely—it was about the size of a pumpkin. When he went up on deck, the sky was a furious blaze, the sea a red froth like iron melted in

노동과 그리고, 잠자리만씩이나 한 모기떼였던 것이다.

섬에다가 비행장을 닦는 것이었다. 모기에게 물려 혹이
된 곳을 벅벅 긁으며, 비 오듯 쏟아지는 땀을 무릅쓰고, 아
침부터 해가 떨어질 때까지 산을 허물어 내고, 흙을 나르
고 하기란, 고향에서 농사일에 뼈가 굳어진 몸에도 이만
저만한 고역이 아니었다. 물도 입에 맞지 않았고 음식도
이내 변하곤 해서, 도저히 견디어 낼 것 같지 않았다. 게
다가 병까지 돌았다. 일을 하다가도 벌떡 자빠라지기가
예사였다. 그러나 만도는 아침저녁으로 약간씩 설사를 했
을 뿐, 넘어지지는 않았다. 물도 차츰 입에 맞아 갔고, 고
된 일도 날이 감에 따라 몸에 베여버리는 것이었다. 밤에
날개를 치며 몰려드는 모기떼만 아니면, 그냥저냥 배겨내
겠는데 정말 그놈의 모기들만은 질색이었다.

사람의 힘이란 무서운 것이었다. 그처럼 험산하던 산과
산 틈바구니에 비행장을 다듬어 내고야 말았던 것이다.

그러나 일은 그것으로 끝이 나는 것이 아니고 오히려 더
벅찬 일이 닥치는 것이었다. 연합군의 비행기가 날라 들면
서부터, 일은 밤중까지 계속되었다. 산허리에 굴을 파고들
어 가는 것인데 비행기를 집어넣을 굴이었던 것이다. 그리
고 모든 시설을 다 굴 속으로 옮겨야 했던 것이다.

a fire. The sun was just about to fall into the sea. It was really the first time he had ever seen the sun so big, so red. And great mountains, all an orange shimmer, floated up out of the sea. Everyone stood there gaping, entranced by the awe inspiring scene. Mando lifted his shoulders and let loose a wild cry: "Yah!" But only a heat you couldn't breathe in, forced labor, and swarms of mosquitoes, ten thousand at a time... that was all that awaited them on the island.

They were laying an airfield. Tearing at lumps left by mosquito bites and braving the sweat that ran like rain as they leveled hills and shifted earth from morning till the sun went down at night—it was an indescribable slavery, even for men whose bones had been hardened by farm work at home. Even the water tasted bad, and the food which soured as soon as they got it seemed completely insupportable. Disease was prevalent as well. It was an everyday occurrence for a man to collapse at work. But a little diarrhea every morning and evening was the extent of Mando's complaint; he never collapsed. Gradually, he got used to the taste of the water, and as the days went by, he got used to the hard work. If it wasn't for the hordes of mosquitoes

여기저기서 다이너마이트 튀는 소리가 산을 흔들어 댔다. 앵앵앵— 하고 공습경보가 나면 일을 하던 손을 놓고 모두 굴 바닥에 납짝납짝 엎드려 있어야 했다. 비행기가 돌아갈 때까지 그러고 있는 것이었다. 어떤 때는 근 한 시간 가까이나 엎드려 있어야 하는 때도 있었는데 차라리 그것이 얼마나 편한지 몰랐다. 그래서 더러는 공습이 있기를 은근히 기다리기도 하였다. 때로는 공습경보의 사이렌을 듣지 못하고 그냥 일을 계속하는 수도 있었다. 그럴 때는 모두 큰 손해를 보았다고 야단들이었다. 어떻게 된 셈인지 사이렌도 미처 불기 전에 비행기가 산등성이를 넘어 달려드는 수도 있었다. 그럴 때는 정말 질겁을 하는 것이었다. 가장 많은 손해를 입는 것도 그런 경우였다. 만도가 한쪽 팔뚝을 잃어버린 것도 바로 그런 때의 일이었다.

여느 날과 다름없이 굴속에서 바위를 허물어 내고 있었다. 바위 틈서리에 구멍을 뚫어서 다이너마이트 장치를 하는 것이었다. 장치가 다 되면 모두 바깥으로 나가고 한 사람만 남아 불을 당기는 것이다. 그리고 그것이 터지기 전에 얼른 밖으로 뛰어나와야 되었다.

만도가 불을 당기는 차례였다. 모두 바깥으로 나가버린 다음 그는 성냥을 꺼내었다. 그런데 웬 영문인지 기분이

driving to the attack at night, wings buzzing, he would be able to put up with it all, but those damn mosquitoes were really abominable.

A man's strength was a frightening thing. Finally the airfield was laid, squeezed tight between those rugged mountains. But the work didn't end there. Rather, this marked the beginning of even more exhausting work. From the time that the planes of the allies began to attack, the work went on till the middle of the night. They had to dig caves in the waist of the mountain. Caves in which to put their own planes. And all the equipment had to be moved into those caves.

The sound of exploding dynamite kept rocking the mountains. Whenever the air raid warning began to wail, they had to stop working and throw themselves flat on the ground. They would stay down till the planes went away. There were times when they had to lie there for almost an hour, but this was infinitely easier than working. And so, there were even those who secretly hoped for air raids. There were also times when they didn't hear the air raid warning siren and just kept working. And there would be complaints that they had been gypped. There were also times, for whatever rea-

꺼림칙했다. 모기에게 물린 자리가 자꾸 쓱쓱 쑤시는 것
이다. 걱죽걱죽 긁어댔으나 도모지 시원한 맛이 없었다.
그는 이맛살을 찌푸리면서 성냥을 득 그었다. 그래 그런
지 몰라도 불은 이내 픽 하고 꺼져버렸다. 성냥 알맹이 네
개째에사 겨우 심지에 불이 당겨졌다. 심지에 불을 붙이
는 것을 보자 그는 얼른 몸을 굴 밖으로 날렸다. 바깥으로
막 나서려는 때였다. 산이 무너지는 듯한 소리와 함께 사
나운 바람이 귓전을 후리 갈기는 것이었다. 만도는 정신
이 아찔하였다. 공습이었던 것이다. 산등성이를 넘어 달
려든 비행기가 머리 위로 아슬아슬하게 지나가는 것이었
다. 미처 정신을 차리기도 전에 또 한 대가 뒤따라 날라
드는 것이 아닌가. 만도는 그만 넋을 잃고 굴 안으로 도루
달려 들어갔다. 달려 들어가서 굴 바닥에 아무렇게나 꽉
엎드려져 버리고 말았다. 그 순간이었다. 쾅! 굴 안이 미
여지는 듯하면서 다이너마이트가 터졌다. 만도의 두 눈에
는 불이 번쩍 났다.

만도가 어렴풋이 눈을 떠보니, 바로 거기 눈앞에 누구
의 것인지 모를 팔목이 하나 놓여 있었다. 손가락이 시퍼
렇게 굳어져서 마치 이끼 낀 나무토막처럼 보이는 것이었
다. 만도는 그것이 자기의 어깨에 붙어 있던 것인 줄을 알

son, when the planes had already crossed the ridge of the mountain and were bearing down on them before the siren sounded. And then there was consternation. It was at such times that they got injured most. And it was on just such an occasion that Mando lost his arm.

They were clearing rock in the cave just like any other day. They would bore a hole in a crack in the rock and lay a charge of dynamite. When the charge was ready, everyone would go outside, with the exception of one man who would stay to light the fuse. And he would have to race out before the dynamite exploded. It was Mando's turn to light the fuse. He took out the matches after everyone had gone out. For some reason or other he felt uneasy. He could feel a continuous throbbing where the mosquitoes had bitten him. He scratched and scraped but couldn't get any comfort. He frowned and struck a match. Perhaps anxiety caused it, but the flame immediately gasped and went out. He struck about four matches before finally, with great difficulty, getting the fuse to light. As soon as he saw that the fuse was alight, he hurled himself out of the cave. It happened just as he was rushing out. There was a roar, as if the mountains were collaps-

자 그만 으악— 하고 정신을 잃어버렸다.

재차 눈을 떴을 때는 그는 폭삭한 담요 속에 누워 있었고, 한쪽 어깻죽지가 못 견디게 콕콕 쑤셔댔다. 절단수술(切斷手術)은 이미 끝난 뒤였다.

쮀액— 기차 소리였다. 멀리 산모퉁이를 돌아오는가 보다. 만도는 앉았던 자리를 털고 벌떡 일어서며, 옆에 놓아 두었던 고등어를 집어 들었다. 기적소리가 가까워질수록 그의 가슴은 울렁거렸다. 대합실 밖으로 뛰어나가, 홈이 잘 보이는 울타리 쪽으로 가서 발돋움을 하였다. 째랑째랑 하고 종이 울자, 한참 만에 차는 소리를 지르면서 달려들었다. 기관차의 옆구리에서는 김이 픽픽 풍겨 나왔다. 만도의 얼굴은 바짝 긴장되었다. 시꺼먼 열차 속에서 꾸역꾸역 사람들이 밀려나왔다. 쮀 많은 손님이 쏟아져 내리는 것이었다. 만도의 두 눈은 곧장 이리저리 굴렀다. 그러나 아들의 모습은 쉽사리 눈에 띄지 않았다. 저쪽 출찰구로 밀려가는 사람의 물결 속에 두 개의 지팡이를 의지하고 절룩거리면서 걸어 나가는 상이군인이 있었으나, 만도는 그 사람에게 주의를 기울이지는 않았다. 기차에서 내릴 사람은 모두 내렸는가 부다. 이제 미처 차에 오르지 못한 사람들이 홈을 이리저리 서성거리고 있을 뿐인 것이다.

ing, and simultaneously a fierce wind lashed past his ear. Mando reeled. It was an air raid. Planes bearing in across the ridge, inches above his head as they passed. And before he could even attempt to recover from the shock, another formation followed close behind. Mando lost all sense of reason and raced back into the cave and threw himself on the floor. Wham!—the dynamite exploded, and it was as if the inside of the cave was being torn to shreds. Flames danced in Mando's eyes.

When Mando opened his hazy eyes, in front of him—he didn't know whose it was—was an arm that had been thrown there roughly. The fingers were blue-black and rigid, like a moss-covered block of wood. When Mando realized that it had once been stuck to his own shoulder, he screamed and lost consciousness. The second time he opened his eyes he was lying in soft blankets, one shoulder throbbing unbearably. The amputation was already over.

The whistle screamed. The train must be coming round the heel of the mountain. Mando knocked off the dust, stood up abruptly and lifted the mackerel that he had put down beside him. The nearer the whistle sounded, the more his heart pounded. He

'그놈이 거짓으로 편지를 띠웠을 리는 없을 껀데!'

그는 자꾸 가슴이 떨렸다.

'이상한 일이다.'

하고 있을 때였다. 분명히 뒤에서

"아부지!"

부르는 소리가 들렸다. 만도는 깜짝 놀라며, 얼른 뒤로
돌아보았다. 그 순간, 만도의 두 눈은 무섭도록 크게 떠지
고, 입은 짝 벌어졌다. 틀림없는 아들이었으나, 옛날과 같
은 진수는 아니었다. 양쪽 겨드랑이에 지팽이를 끼고 서
있는데 스쳐가는 바람결에 한쪽 바지가랭이가 펄럭거리
는 것이 아닌가.

만도는 눈앞이 노오래지는 것을 어쩌지 못했다. 한참
동안 그저 멍멍하기만 하다가, 코허리가 쩡해지면서 두
눈에 뜨거운 기운이 핑 도는 것이었다. 그러나 그는 여느
때처럼 코를 팽팽 풀어 던지지는 않았다.

"얘라이 이놈아."

만도의 입술에서 모질게 튀어 나온 첫마디였다. 떨리는
목소리였다. 고등어를 든 손이 불끈 주먹을 쥐고 있었다.

"이게 무슨 꼴이고 이게."

"아부지!"

ran out of the waiting room, went across to the fence from where the platform was in clear view and stood on tiptoe. Clang, dang, the bell sounded, and a moment later the train raced noisily in. Clouds of steam belched from the side of the engine. Mando's face became tight and strained. A stream of people pushed their way out of the dark interior of the carriages. A real throng of passengers pouring out. Mando's eyes darted here and there. But he couldn't see his son. In the wave of people pushing their way past the ticket window on the far side was a wounded soldier, hobbling out with the aid of crutches, but Mando didn't pay any attention to him. Everyone who was going to get off the train seemed to have gotten off already. Only those who hadn't got on the train yet were left, walking back and forth on the platform. *No reason that fellow should send a letter that was a lie...* Mando's heart kept on fluttering. *Strange*, he was saying to himself. Then clearly, from behind, "Father," he heard someone calling. Mando was taken by surprise. He turned immediately and looked behind. In that moment Mando's eyes grew frighteningly large, his mouth fell wide open. There was no doubt about it, it was his son, but it wasn't the Jinsu of old. He was

"이놈아 이놈아!"

만도의 들창코가 크게 벌름하다가 훌쩍 물코를 들이마셨다. 진수의 얼굴에는 어느 결에 눈물이 꾀죄죄하게 흘러 있었다. 만도는 진수의 잘못이기나 한 듯 험한 얼굴로

"가자 어서."

무뚝뚝한 한마디를 던지고는 성큼성큼 앞장을 서 가는 것이었다. 진수는 입술에 내려와 묻은 짭짤한 것을 혀끝으로 날름 핥아버리면서 절름절름 아버지의 뒤를 따랐다.

앞장서 가는 만도는 뒤따라오는 진수를 한 번도 돌아보지 않았다. 한눈을 파는 법도 없었다. 무겁디무거운 짐을 진 사람처럼 땅바닥을 응시하고, 이따금 끙끙거리면서 부지런히 걸어만 가는 것이었다. 지팡이에 몸을 의지하고 걷는 진수가 성한 사람의, 게다가 부지런히 걷는 걸음을 당해낼 수는 도저히 없었다. 한 걸음 두 걸음씩 뒤처지기 시작한 것이 그만, 작은 소리로 불러서는 들리지 않을 만큼 떨어져 버리고 말았다.

진수는 목구멍을 왈칵 넘어 울리는 뜨거운 기운을 꾹 참노라고, 어금니를 야물게 깨물어 보기도 하였다. 그리고 두 개의 지팡이와 한 개의 다리를 열심히 움직여 대는 것이었다.

standing there with crutches stuck under both armpits, and one leg of his trousers seemed to flutter in the breeze that swept gently past. Mando was helpless before the yellow mist that swam in front of his eyes. He just stood there flabbergasted for the moment, a smarting sensation in the bridge of his nose, and something hot running around his eyes.

"Oh, no! the bastard!"

These were the first words to spring from Mando's lips, and they were harsh words. His voice was quivering. The hand that held the mackerel suddenly contracted into a tight fist.

"What am I seeing? This..."

"Father."

"The bastard, the bloody bastard!"

Mando's nostrils quivered, and there was a slurp of mucus going down. Suddenly, tears were pouring from Jinsu's eyes, leaving a dirty trail. Mando's face was stern as he spoke, as if everything had been Jinsu's fault.

"Let's go, quick."

Just this one curt sentence, and then Mando was striding out in front. Jinsu limped along behind his father, the tip of his tongue darting in and out, licking away the salt that had run down on his lips. Out

앞서 간 만도는 주막집 앞에 이르자, 비로소 한 번 뒤를 돌아보았다. 진수는 오다가 나무 밑에 서서 오줌을 누고 있었다. 지팡이는 땅바닥에 던져 놓고, 한쪽 손으로는 볼일을 보고, 한쪽 손으로는 나무둥치를 감싸 안고 있는 모양이 을씨년스럽기 이를 데 없는 꼬락서니였다. 만도는 눈살을 찌푸리며, 으음! 하고 신음 소리 비슷한 무거운 소리를 내었다. 그리고 술방 앞으로 가서 방문을 왈칵 잡아당겼다.

기역자판 안에 도사리고 앉아서, 속옷을 뒤집어 짜고 이를 잡고 있던 여편네가 킥 하고 웃으며 후닥딱 옷섶을 여몄다.

그러나, 만도는 웃지를 않았다. 방문턱을 넘어서며도 서방님 들어가신다는 소리를 지르지 않았다. 아마 이처럼 뚝뚝한 얼굴을 하고 이 술방에 들어서기란 처음일 것이다. 여편네가 멋도 모르고

"오늘은 서방님 아닌가배."

하고 킬룩 웃었으나, 만도는 으음! 또 무거운 신음 소리를 했을 뿐, 도시 기분을 내지 않았다. 기역자판 앞에 가서 쭈구리고 앉기가 바쁘게

"빨리 빨리."

in the lead, Mando never once looked back at Jinsu following behind. He never even spared him a glance. He just kept walking steadily on, eyes down on the ground, now and again giving a grunt like a man carrying a very heavy load. Hobbling along on crutches Jinsu just couldn't keep in step with a man who not only had sound legs but was striding out determinedly. He began to fall behind, step by step, and soon was out of easy earshot. Jinsu bit hard to control the burning sensation in his throat. And once again it was two crutches and one leg trying hard to keep moving. Out in front, Mando looked back for the first time when he reached the tavern. Jinsu was standing beneath a tree taking a leak. He had thrown the crutches to the ground and was doing what he had to do with one hand, his other arm tight around the trunk of the tree, and the cut of him there was just too pathetic for words. Mando frowned, emitting a moan of pain. He walked over to the drinking room and pulled the door open with a rattle.

The woman of the house, who was sitting cross-legged at an L-shaped table with her underclothes pulled out trying to catch lice, gave a shriek of laughter as she scampered to arrange the front of

재촉을 하였다.

"핫다나 어지간히도 바쁜가배."

"빨리 꼬빼기로 한 사발 달라니까구마."

"오늘은 와 이카노?"

여편네가 쳐주는 술 사발을 받아 들며, 만도는 후유—하고 숨을 크게 내쉬었다. 그리고 입을 얼른 사발로 가져갔다. 꿀꿀꿀 잘도 넘어가는 것이다. 그 큰 사발을 단숨에 말려버리고는 도로 여편네 눈앞으로 불쑥 내밀었다. 그렇게 거들빼기로 석 잔을 해치우고사 으으윽! 하고 게트림을 하였다. 여편네가 눈을 휘둥그레해 가지고 혀를 내둘렀다.

빈속에 술을 그처럼 때려 마시고 보니 금새 눈두덩이 확확 달아오르고 귀뿌리가 발갛게 익어 갔다. 술기가 얼근하게 돌자 이제 좀 속이 풀리는 상 싶어 방문을 열고 바깥을 내다보았다. 진수는 이마에 땀을 척척 흘리면서 다와가고 있었다.

"진수야!"

버럭 소리를 질렀다.

"이리 들어와 보래."

"……"

her clothes. But Mando didn't laugh. And when he was crossing the threshold, he didn't shout out that her husband was coming. This was probably the first time he had ever gone into the drinking room with this kind of dejected face. But the woman was unaware of the change.

"You mustn't be my husband today," she said with a giggle, but Mando's only reaction was 'umph,' another growl of pain. He went over to the L-shaped table, and hunkered down immediately.

"Hurry, hurry!" he demanded.

"Oh, you must be very busy today."

"I asked for a double bowl quick."

"What's wrong with you today?"

Mando took the bowl which the woman had poured for him and let out a long breath. And immediately his lips went to the bowl. The wine gurgled down easily. He emptied the double bowl in one go and stuck it out in front of the woman again. He cleared away three doubles in rapid succession and belched. The woman opened her eyes wide in surprise; she was tongue-tied. Swilling wine down like that on an empty stomach! Mando's eyelids soon grew puffy and red, and the lobes of his ears ripened red. The wine spread a warm glow

진수는 아무런 대꾸도 없이 어기적어기적 다가왔다. 다
가와서 방문턱에 걸터앉으니까, 여편네가 보고

"방으로 좀 들어오이소."

하였다.

"여기 좋심더."

그는 수세미 같은 손수건으로 이마와 코언저리를 싹싹
닦아냈다.

"마 아무 데서나 묵으라, 저— 국수 한 그릇 말아주소."

"야."

"꼬빼기로 잘 좀…… 참지름도 치소 알았능교?"

"야아."

여편네는 코로 히죽 웃으면서, 만도의 옆구리를 살짝 꼬
집고는 소코리에서 삶은 국수 두 뭉텡이를 집어 들었다.

진수가 국수를 훌훌 끌어넣고 있을 때 여편네는 만도의
귓전으로 얼굴을 갖다 댔다.

"아들이가?"

만도는 고개를 약간 앞뒤로 끄덕거렸을 뿐, 좋은 기색
을 하지 않았다. 진수가 국물을 훌쩍 들이마시고 나자, 만
도는

"한 그릇 더 묵을래?"

42

through him, seeming to melt him a little inside. He opened the door of the room and looked out. Jinsu, sweat dripping down his forehead, was almost there.

"Jinsu!" he thundered, "Come on in."

Jinsu made no reply, he just shuffled towards his father. When he finally arrived, he sat on the threshold, so that the woman said,

"Come into the room"

"I'm all right here."

He wiped his forehead and the tip of his nose with a handkerchief that was more like a dirty rag.

"Stay wherever you like... Give us a bowl of noodle soup."

"All right."

"A double helping please... Put some sesame oil in it, will you?"

"Right."

The woman giggled to herself, pinched Mando in the side when Jinsu wasn't looking, and lifted two heaps of noodles out of the sieve-like wicker vessel in which it had been boiled. While Jinsu was noisily gobbling up the noodles, the woman leaned quietly across and whispered in Mando's ear.

"Your son?"

하였다.

"아니예."

"한 그릇 더 묵지 와."

"고만 묵을랍니더."

진수는 입술을 싹 닦으며, 뿌시시 자리에서 일어났다.

주막을 나선 그들 부자는 논두렁길로 접어들었다. 아까와 같이 만도는 앞장을 서는 것이 아니라 이번에는 진수를 앞세웠다. 지팡이를 짚고 찌긋둥찌긋둥 앞서가는 아들의 뒷모습을 바라보며 팔뚝이 하나밖에 없는 아버지가 느릿느릿 따라가는 것이다. 손에 매달린 고등어가 대구 달랑달랑 춤을 추었다. 너무 급하게 들이마셔서 그런지, 만도의 뱃속에서는 우굴우굴 술이 끓고 다리가 휘청거렸다. 콧구멍으로 더운 숨을 훅훅 내불어 보니 정신이 아른해서 역시 좋았다.

"진수야!"

"예."

"니 우야다가 그래 댔노?"

"전쟁하다가 이래 안 댔심니교, 수루탄 쪼가리에 맞았심더."

"웅 그래서?"

Mando just made a slight forward-backward motion of the head, his face showing no pleasure. Jinsu finished slurping down the soup.

"Will you have another bowl?" Mando asked.

"No."

"Go on, have another bowl."

"I've had enough."

Jinsu wiped his lips clean and got up slowly.

Father and son came out of the tavern and took to the dikes that ran between the rice fields. Mando didn't strike out in front the same as before, this time it was Jinsu who took the lead. The son leading, using his crutches as he rocked down the road, and the one-armed father following sluggishly behind watching his son's back. The mackerel hanging from his hand kept flapping and dancing. Mando had drunk the wine in too much of a hurry; his stomach was churning and his legs were unsteady. Hot breath was being pushed out his nostrils. He seemed to float in and out of consciousness. Good.

"Jinsu!"

"Yes."

"How did it happen?"

"I got hit in combat by a piece of a hand

"그래서, 얼른 낫지 않고 막 썩어 들어가기 땜에, 군의
관이 짤라버립띠더, 병원에서예, 아부지!"

"와."

"이래 가지고 나 우째 살까 싶습니더."

"우째 살긴 뭘 우째 살아? 목숨만 붙어 있으면 다 사는
기다. 그런 소리 하지 말아."

"……"

"나 봐라, 팔뚝이 하나 없어도 잘만 안 사나. 남 봄에 좀
덜 좋아서 그렇지, 살기사 왜 못 살아."

"차라리 아버지같이 팔이 하나 없는 편이 낫겠어예, 다
리가 없어 놓니 첫째 걸어 댕기기에 불편해서 똑 죽겠심
더."

"야야 안 그렇다. 걸어 댕기기만 하면 뭐 하노, 손을 지
대로 놀려야 일이 뜻대로 되지."

"그럴까예?"

"그렇다니, 그렇니까 집에 앉아서 할 일은 니가 하고,
나댕기메 할 일은 내가 하고, 그라면 안 대겠나, 그제?"

"예."

진수는 아버지를 돌아보며 대답했다. 만도는 돌아보는
아들의 얼굴을 향해서 지긋이 웃어 주었다. 술을 마시고

grenade."

"A piece of a hand grenade?"

"Yes."

"Ah!"

"The leg wouldn't heal, It began to rot and the army surgeon cut it off. In the hospital."

Nothing else was said for a moment. Then, "Father!"

"What?"

"How am I going to live like this?"

"What do you mean, how are you going to live? You're alive, aren't you? That's living. Don't be talking like that."

Again there was a short silence. Then Mando continued: "Look at me. You think I haven't got a good life even with one arm gone? It doesn't look good sure enough, but you can go on living, why not?"

"It would be better to have lost an arm like you. With a leg gone it's killing to walk."

"Not at all. What's the use of just being able to walk. You've got to be able to use your hands to get things done right."

"Is that how it is?"

"Am I not telling you that's the way it is? So, you do the work that has to be done sitting at home,

나면 이내 오줌이 마려워지는 것이다. 만도는 길가에 아무 데나 쭈구리고 앉아서 고기 묶음을 입에 물려고 하였다.

그것을 본 진수는

"아부지 그 고등어 이리 주소."

하였다. 팔이 하나밖에 없는 몸으로 물건을 손에 든 채 소변을 볼 수는 없는 것이다. 아버지가 용변을 마칠 때까지는 진수는 저만큼 떨어져 서서, 지팡이를 한쪽 손에 모아 쥐고, 다른 손으로는 고등어를 들고 있었다. 볼일을 다 본 만도는 얼른 가서 아들의 손에서 고등어를 다시 받아 들었다.

개천 뚝에 이르렀다. 외나무다리가 놓여 있는 시냇물인 것이다. 진수는 딱 걱정이 되었다. 물은 그렇게 깊은 것 같지 않지만, 밑바닥이 모래흙이어서, 지팡이를 짚고 건너기가 만만할 것 같지 않기 때문이었다. 외나무다리 위로는 도저히 건너갈 재주가 없고……

진수는 하는 수 없이 뚝에 퍼지고 앉아서 바지가랭이를 걷어 올리기 시작했다. 만도는 잠시 멀뚱히 서서 아들의 하는 양을 내려다보고 있다가

"진수야 그만두고 자아 업자."

하는 것이었다.

and I do the work that you have to move around for. Why wouldn't it work?"

"Yes."

Jinsu gave a little sigh of relief and looked back at his father. Mando looked up at his son's face which was turned back towards him, and there was a softness in his smile.

Drink wine and soon you're bursting for a leak. Mando squatted down as best he could at the side of the road and tried to grip the bundle of fish in his teeth. "Give the mackerel over here, father," Jinsu said.

A one armed man can't piss if he's holding something in his hand. Jinsu, the crutches gathered in one hand and the mackerel held in the other, stood at a little distance while his father was completing his business. As soon as Mando finished, he went over to Jinsu and took the mackerel back again from his son's hand.

They arrived at the bank of the stream, the tiny stream that was bridged by the single log. Deep down Jinsu was worried. Although the water didn't seem to be so terribly deep, the river bed was all sand and mud. It didn't look like it would be too easy to get across with crutches. Crossing on the log

"업고 건느면 일이 다 대는 거 아니가. 자아 이거 받아라."

고등어 묶음을 진수 앞으로 쑥 내밀었다.

"……"

진수는 퍽 난처해 하면서 못 이기는 듯이 그것을 받아들었다. 만도는 등어리를 아들 앞에 갖다 대고 하나밖에 없는 팔을 뒤로 버쩍 내밀며

"자아 어서!"

진수는 지팡이와 고등어를 각각 한 손에 쥐고 아버지의 등어리로 가서 슬그머니 업혔다. 만도는 팔뚝을 뒤로 돌려서 아들의 하나뿐인 다리를 꼭 안았다. 그리고

"팔로 내 목을 감아야 될 끼다."

하는 것이었다. 진수는 무척 황송한 듯 한쪽 눈을 찍 감으면서 고등어와 지팡이를 든 두 팔로 아버지의 굵은 목줄기를 부둥켜안았다. 만도는 아랫배에 힘을 주며 끙! 하고 일어났다. 아랫도리가 약간 후들거렸으나 걸어갈 만은 하였다. 외나무다리 위로 조심조심 발을 내디디며 만도는 속으로

'인제 새파랗게 젊은 놈이 벌써 이게 무슨 꼴이고. 세상을 잘못 타고나서 진수 니 신세도 참 똥이다 똥.'

was completely out of the question... There was no way out of it. Jinsu spread himself out on the bank and began to roll up his trousers. Mando stood there vacantly for a moment looking down at what his son was doing.

"Leave it. Jinsu. I'll carry you over on my back," he said. "If I carry you over on my back that'll solve it, won't it? Here, take this."

He pushed the bundle of mackerel in front of Jinsu.

Jinsu hesitated. Then, as if caught in a bind. he took the mackerel. Mando lowered his back in front of his son, stretching his one arm straight behind him.

"Right, on you get."

Jinsu, holding the crunches in one hand and the mackerel in the other, slithered up on his father's back. Mando, his arm turned behind him, clasped his son's only leg.

"You'll have to wind your arms around my neck."

Jinsu, one eye closed tight, as if he felt really bad about the situation, wrapped his two arms with the crutches and the mackerel around his father's thick neck. Mando put pressure on the bottom of his stomach, grunted and stood up. He was a bit shaky

이런 소리를 주워섬겼고, 아버지의 등에 업힌 진수는
곧장 미안스러운 얼굴을 하며

'나꺼정 이렇게 되다니 아부지도 참 복도 더럽게 없지,
차라리 내가 죽어버렸더라면 나았을 낀데…….'
하고 중얼거렸다.

만도는 아직 술기가 약간 있었으나, 용케 몸을 가누며,
아들을 업고, 외나무다리를 무사히 건너가는 것이었다.
눈앞에 우뚝 솟은 용머릿재가 이 광경을 가만히 내려다보
고 있었다.

《한국일보》, 1957

down below but able to walk. As he stepped with great care on to the log bridge, inwardly he was saying *what a terrible thing to happen to a man in his prime! Jinsu, you met the world the wrong way and now your life is real shit. Shit.* And as the father rambled on like this to himself, the son being carried on his back, his face mirroring how bad he felt, was muttering—*me like this now, what a dirty misfortune for my father! It would have been far better if I had died.*

Although Mando was still feeling the effects of the wine, he balanced himself with great skill and carefully crossed the log bridge with his son on his back. Towering in front of them, Dragon Ridge looked down quietly at the scene.

Translated by Kevin O'Rourke

해설

Afterword

외부적 폭력에 맞서는 전통적 공동체의
전형적 묘사

윤대석(문학평론가)

하근찬은 데뷔작이 대표작인 특이한 작가이다. 그의 등
단작은 「수난 이대」인데, 이 소설은 한국 근대 문학사에서
도 서술되고 국어 교과서에서도 다루어지는 등 높은 평가
를 받았다. 다른 작품들 가운데에서도 수작이 적지 않은
데 이 작품이 유독 그의 대표작으로 거론되는 것은 이 소
설이 어떤 전형을 보여주고 있기 때문이다. 이 소설은 소
설 구성적인 측면에서도 전형적이며, 한국인의 경험이라
는 측면에서도, 한국인의 정서라는 측면에서도 전형적이
라 할 수 있다.

「수난 이대」가 다루고 있는 시대는 두 차례의 전쟁을 통
해 인류가 큰 상처를 입은 시대이다. 20세기 최대의 전쟁

Prototypical Depiction of a Traditional
Community Battling Violent Invasion

Yun Dae-seok (literary critic)

Ha Geun-chan has an atypical debut piece. "Father and Son," Ha's debut fiction, is sure to be cited in the history of modern Korean literature and has established a permanent place in school textbooks. While it is odd that this particular story should be considered his best work among a significant oeuvre of masterpieces, this story does represent a certain prototype in modern Korean literature. It is prototypical in its narrative structure, its representation of the Korean experience, and its expression of the Korean ethos.

"Father and Son" is set in a time when the world was scarred by two great wars—World War II, the

이라 할 수 있는 제2차 세계대전과 냉전 시대의 서막을 알리는 6·25 전쟁이 그것이다. 이 두 전쟁은 인류 전체를 보아서도 비극이었지만, 그와 직접 관련된 한국인에게도 커다란 상처로 남았다. 1937년 중일전쟁에서 시작하여 1941년 12월의 태평양 전쟁을 거쳐 1945년 8월 15일 일본의 패전 선언으로 끝나는 제2차 세계대전 동안 겪은 한국인의 전쟁 경험은 식민지 상황과 증폭되어 커다란 상처로 남았다. 타국의 식민지가 되어 겪은 남의 전쟁에서 한국인은 군인으로 강제 징집되거나 노무자로 강제 징용당하거나 심지어는 위안부라는 성의 노예가 되기도 했다.

「수난 이대」의 주인공 만도는 식민지와 전쟁이라는 이중적 상처를 몸에 각인하고 있는 인물이다. 조국이 해방되고 전쟁은 끝이 났어도 잃어버린 팔로 인해 그 기억을 몸으로 가지고 있는 것이다. 평온하고 일상적인 삶이 식민지 체제와 전쟁으로 인해 파괴되었으나 만도는 희망을 잃지 않고 살아간다. 아들을 만나러 가는 만도에 대한 다소 익살스러운 서술은 민중의 그러한 건강성을 드러낸다. 그러나 일상을 흔드는 외부적 폭력은 이에 그치지 않는다. 1950년 6·25 전쟁이 시작되고 다시 한반도는 전쟁의 회오리에 휩싸이게 된다.

most destructive war of the twentieth century, and the Korean War, the overture to the Cold War. As a Japanese colony during the former and the very site of the war during the latter, these wars had especially tragic effects on Koreans living in the peninsula as well as the people of the world. The experience of the Sino-Japanese War and the Pacific War as colonial subjects of the Japanese Empire during World War II added to the devastation Koreans felt in the aftermath of the Korean War. In fighting someone else's war during World War II, Koreans were forced to fight in the Japanese Army, work in labor camps, or even be subject to sexual slavery.

Mando, the protagonist of "Father and Son," is a character with memories of both colonialism and war carved onto his body. Liberation and peace have come to his country, but his missing arm is a physical reminder of the dark national past. Despite the rubbles from which he must rebuild his life, Mando remains optimistic. The comical depiction of Mando going to pick up his son reflects this healthy attitude of the people. But the violence that shakes lives does not stop at Mando's generation. The Korean War breaks out in 1950 and Korean finds itself once again in the throes of war.

이번에는 만도가 아니라, 그가 팔을 하나 잃었어도 희망을 가질 수 있는 원천인 아들 진수가 그 희생양이다. 6·25 전쟁에 참전한 진수는 다리 하나를 잃고 돌아온다. 만도나 진수는 민족 해방이니 자유민주주의의 수호니 하는 6·25 전쟁의 이데올로기를 알지 못한다. 그들에게 전쟁은 자신의 삶을 행복하게 꾸려나가는 데 방해가 될 뿐이다. 번역본에서는 잘 드러나지 않겠지만, 만도와 진수가 사용하는 경상도 방언은 평화롭게 토속적인 전통적 공동체를 더욱 잘 드러내 보이고 있다. 그러나 전쟁은 그러한 전통적 공동체를 파괴하고 개인에게 커다란 상처를 남긴다. 역사나 운명에 의해 훼손되는 평화는 한국인에게 한(恨)이라는 독특한 정서를 만들어 주었는데 「수난 이대」가 드러내고자 하는 것은 그러한 한국인의 한의 정서이다. 그런 점에서 이 소설은 한국인이 가졌던 체험과 정서의 전형을 잘 보여주고 있다.

그러나 한은 현실에 굴복하는 절망적인 심정은 아니다. 그것은 절망적인 현실을 딛고 희망을 찾으려는 것이기도 하다. 만도와 진수는 외부적 폭력에 희생되지만 좌절하지 않고 새롭게 삶을 꾸려나가려 한다. '외나무다리'는 상처받는 자들이 절망하는 장이면서 동시에 희망을 발견하는

This time, it is Mando's son, Jinsu—Mando's hope and pride, the one who makes up for Mando's lost limb—who is sacrificed in the war. Jinsu returns from the Korean War missing a leg. Neither Mando nor Jinsu is familiar with the ideological conflict behind the Korean War. They can't tell the difference between the "national liberation" and "liberal democracy" factions. All they know is that war gets in the way of their pursuit of happiness. The war destroys traditional community and inflicts enormous wounds to individuals. Peace disturbed by fate or history has created a unique ethos in Korean culture called *han*—one of enduring, profound sorrow—which this story attempts to express. Thus, this story is an excellent prototype of both the Korean ethos and experience.

Han, however, is not an ethos of despair that renders one unable to face discouraging realities. *Han* is also the drive to unearth hope in the ruins of despair. Mando and Jinsu are victims of violence, but do not succumb to despair as they put their lives back together. The "tree trunk bridge" in the story is where the downtrodden despair but at the same time find reaffirmation of hope. One of the most beautiful scenes from Korean literature, the

장소이다. 한국 소설 가운데 가장 아름다운 장면 가운데 하나가 바로 만도가 진수를 업고 외나무다리를 건너는 장면이다. 평화로운 공동체를 파괴하고 안온했던 개인의 일상을 파괴하는 전쟁이라는 외부적 폭력에도 굴복하지 않고 서로서로 도우면서 삶을 개척하고자 하는 한국인의 의지를 읽을 수 있기 때문이다. 이런 점에서도 「수난 이대」는 한국인의 전형적인 정서를 드러내는 소설이다.

「수난 이대」가 뛰어난 소설인 이유는 한국인의 정서와 체험을 전형적으로 드러내기 때문만이 아니라, 소설 기법에서도 어떤 전형성을 보이고 있기 때문이다. 만도가 팔을 잃고 진수가 다리를 잃는다는 설정, 두 사람이 힘을 모을 수밖에 없는 외나무다리, 고등어 묶음이라는 소설적 장치, 만도의 심리를 드러내기 위해 설정된 주막집 등 이 소설에서는 하나도 버릴 것이 없다. 짧은 단편 속에 압축적으로 주제를 제시하기 위해 플롯을 치밀하게 구성한 결과이다. 이러한 완벽하고 전형적인 소설적 장치를 통해 작가는 효과적으로 한국인의 전형적 정서와 체험을 전달할 수 있었던 것이다. 「수난 이대」가 한국 소설을 대표하는 수작 가운데 하나로 꼽힌다면 이 때문이라고 할 수 있다.

bridge scene depicts Mando carrying Jinsu on his back to cross the river. This scene is the symbol of the Korean will to help each other rebuild lives and not surrender to the external violence of war.

What makes "Father and Son" a great story is not just its prototypical depiction of the Korean ethos and experience, but also its use of prototypical technique. There is nothing extraneous in this story. Everything from the missing limbs that complement each other between Mando and Jinsu, and the tree trunk bridge where they must stick together, to the bundle of mackerel as a literary device, and the roadside tavern where Mando's true feelings are revealed, are all part of a carefully woven plot that beautifully embodies a profound theme in a concise tale. This is the reason why "Father and Son" is considered one of the great masterpieces in Korean literature.

비평의 목소리

Critical Acclaim

이 작품은 일제 식민지 시대의 고통과 한국 전쟁의 참극을 겪어 나가는 두 세대의 아픔을 동시에 포착한다. 징용에 나가 팔 한쪽을 잃은 아버지와 한국 전쟁으로 다리를 잃은 아들의 만남은 민족적 수난의 역사적 반복성을 의미 있게 함축하고 있다. 일제 말기의 민족적 고통과 해방 이후 한국 전쟁의 비극을 한 가족을 중심으로 아버지와 아들 이대의 수난사로 연결시키고 있는 이 작품에서 가장 주목되고 있는 것은, 이러한 민족의 수난이 한순간의 일회적인 비극이 아니라 민족의 공통적인 문제임을 보여주고 있는 점이다. 두 번의 전쟁과 이대에 걸친 비극을 단 하나의 장면으로 응축시켜 감동적으로 극화함으로써

"Father and Son" captures the tragic sufferings of two generations—one of Japanese Occupation and the other of the Korean War—in one story. The reunion between the father who lost his arm in the Japanese Imperial Army and the son who lost his leg in the Korean War is an excellent symbol of the repetition of national tragedies. The most notable accomplishment of the story is that it reveals to us the truth about these national tragedies—that they are not isolated misfortunes but a continuing collective problem of the nation. Putting the effects of two wars and the sufferings of two generations into one dramatic scene, the author reminds us of the

독자들로 하여금 전쟁이나 역사가 우리 민족에게 남겨준 처절한 아픔과 불행을 느낄 수 있도록 하고 있다.

권영민

작가 하근찬은 체험적 제약성을 오직 그만의 방식으로 극복함으로써 이 나라 소설사에서는 매우 특이한 소설 유형을 창출해냈다. 「수난 이대」는 단연 하근찬적인 전형성을 이루고 있는 바, 이를 '외나무다리' 구조라 부를 것이다. 일제시대 징용으로 끌려갔다가 남양군도에서 한쪽 팔을 잃은 아비 만도가 6·25로 징집되어 한쪽 다리를 잃은 아들 진수를 업고 외나무다리를 건너는 장면이 갖는 의의는 그것이 소설적 구조화의 반열에 올랐음에서 찾을 수 있다. 이 작품의 서두에서 이미 계산된 '외나무다리' 의식은 갈등 해소의 방법론이자 구조화의 가능성으로 작동되었다. 그것은 비극적이자 동시에 희극적인데, 그 이유는 그것이 견딜 만한 것이기 때문이다. 소설적 결말이 예정 조화적인 것으로 처리되어 현상 유지적 현실 질서관에 흡수되는 경우와 구별되는 이유도 여기에서 온다.

김윤식

unspeakable pain war and history has bequeathed to the nation.

Gwon Yeong-min

Ha Geun-chan created a narrative type unprecedented in the history of Korean literature by providing a unique solution to the problem of juxtaposing the experiences of two different periods in one short story. "Father and Son" is the prototype of the Ha Geun-chan's narrative style, also known as the "tree trunk bridge" structure. At the epitome of literary structuralization, Mando, who lost his arm in the Pacific War carries his son, Jinsu, who lost his leg in the Korean War, across the bridge. The "tree trunk bridge" mentality, which is intimated in the beginning of the story as a factor of no small significance, operates as a methodology of problem resolution and structuralization. The scene is at once tragic and comic, because the pain is bearable. also what prevents the conclusion of the story from becoming a predictable resolution reduced to an adherence to the rules of reality aimed at maintaining the status quo.

Kim Yun-sik

한국 전쟁을 다룬 하근찬의 소설 대부분은 개인 대 전쟁이나 국가 대 국가가 아닌, 가족 혹은 마을 공동체와 전쟁의 대결을 중심축으로 삼고 있다. 그래서 전쟁은 언제나 개인이나 국가가 아니라 가족/마을 공동체를 무너뜨리는 파괴자로 기능한다. 반대로 전쟁에 굴복하지 않고 맞설 수 있는 힘도 항상 가족/마을 공동체로부터 나온다. 전쟁이 이처럼 개인이나 국가 이전에 가족/마을 공동체의 문제인 것은 한국 사회 특유의 공동체적 전통과 밀접히 관련되어 있다. 한국인들에게 전쟁이란 개인의 이익이나 국가의 안위를 지키는 일이기에 앞서 가족/마을 공동체를 지키는 일이었던 셈이다. 바로 이 점이 한국 전쟁의 비극에 대응하는 방식의 민족적, 민중적 특성의 핵심을 이룬다. 아버지의 의연하고도 낙관적인 대처 역시 이 연장선상에 놓여 있다.

하정일

전 작가 생활을 통해 하근찬이 일관되게 추구하고 형상적으로 표현하려 한 것은 우리들 삶의 형언할 수 없는 슬픔 혹은 한이다. 한 수필에서 하근찬은 민족적 슬픔 혹은 한이 자기 문학의 저류라 하고, 그것의 역사적 연원을 밝

Most of Ha Geun-chan's stories that deal with the Korean War employ the tension between family/community and war as its focal point rather than one between individual and war or nation and nation. Consequently, war symbolizes that which destroys the family or the community, not the individual or the nation. The strength to rise up in spite of the calamitous force of war, therefore, also comes from the family and community. The nature of Korean traditional society, where the well-being of the community is the highest priority, accounts for wars being an issue of protecting the community rather than saving the individual or even the nation. This is characteristically Korean national and popular response to the tragedy of the Korean War. Mando's unflinching, optimistic temper can also be interpreted in the same vein.

Ha Jeong-il

Throughout his career as a writer, Ha Geun-chan prized and sought to render *han*, or sadness too deep for words, on paper. In one essay, Ha confessed that the national sadness, or *han*, served as the undercurrent for his literary world, and that finding its historical source was the goal of his liter-

히는 것이 그의 소설적 목표라고 한 바 있다. 하근찬의 이러한 문학적 목표는 그가 시류에 편승하는 경박한 작가가 아님을 입증할 뿐만 아니라, 그의 소설을 민족의 수난에 관한 기록으로 읽게 만드는 요인이 된다. 그러면 그 슬픔은 어디에서 연유하는 것인가? 그것은 동질적 자연적인 세계가 이질적이고 인공적인 것에 의해 훼손됨으로써 일어나는 것이다. 이 낯선 존재를 그가 명시적으로 말하지는 않았지만, 범박하게 말해 근대적인 것이라고 할 수 있다. 말하자면 그에게 이질적인 것과의 만남은 근대의 이름을 빌린 야만의 체험이었다. 물론 이런 체험이 하근찬만의 것일 수 없다. 우리가 그의 작품에 주목하는 이유는 낯선 근대의 야만성을 드러내는 독특한 방식에 있다.

황국명

ary life. Ha's literary goal proves not only that he is not an opportunist riding the current of the times, but also invites a reading of Ha's novels as a record of the nation's sufferings. The source of this sadness, according to Ha, is the devastation of the homogenous, natural world by the alienating and artificial forces. Ha does not identify this unfamiliar entity, but points in the direction of modernization. In other words, he interprets this encounter with the unfamiliar as the experience of barbarism disguised as modernization. This impression, of course, is not Ha's alone. His distinctiveness lies in his unique illustrations of this savagery.

Hwang Guk-myeong

하근찬

소설가 하근찬은 한국이 일본의 식민지이던 1931년 10월 21일 경북 영천읍에서 아버지 하재중과 어머니 박연학의 장남으로 출생했다. 그가 초중등학교를 다니던 때는 일제 말기로 일본이 한국인을 일본 국민으로 만들고자 한 '내선일체' 운동이 벌어지던 시기이다. 일제는 1938년 4월 1일자로 제3차 조선교육령을 발령하여 한국어 교육을 폐지하였는데, 이 경험은 소설 「노은사(老恩師)」에 잘 그려져 있다. 한국어 교육 폐지로 인해 하근찬은 초중등학교에서 한국어가 아니라 일본어를 배울 수밖에 없었다. 또한 이 시기는 한국의 문화가 말살될 위기에 놓인 시대였을 뿐만 아니라 일본이 중국 및 연합국과 차례로 전쟁을 벌여 나가던 시기였다. 한국인은 일본에 의해 군인이나 노무자로 징발되어 강제로 전쟁에 협조하게 되었다. 하근찬은 나이가 어려 징병이나 징용 대상자는 아니었지만, 그 주변에서는 전쟁에 동원되는 사람들이 많았다. 이러한 경험은 「수난 이대」 「분」 「일본도」 등에 잘 반영되어 있다. 그러나 하근찬은 식민지에서 보낸 어린 시절의 경험을 부정적

Ha Geun-chan

Ha Guen-chan was born in Yeongcheon, Gyeong-sangbuk-do on October 21, 1931, when Korea was under Japanese rule. He was the eldest son of Ha Jae-jung, his father, and Bak Yeon-hak, his mother. He received his primary and secondary education toward the end of Japanese occupation when the "naisen ittai" movement was underway to turn Koreans into Japanese citizens. Japan promulgated the Third Chosun Education Decree in April 1, 1938, entirely banning Korean language education at school. Ha's experience of this change is depicted in his story, "The Old Teacher." As a result, Ha received his education in Japanese during a time when Japan was attempting to erase Korean culture from the peninsula. Also, Japan was at war first with China and then the Allied Forces during the years Ha was in school. Ha was too young to be drafted, but he saw many people around him drafted into the army or labor camps. These experiences are reflected in "Father and Son," "Feces," and "The Japanese Sword." Ha's memories of growing up in

으로만 그리지 않는다. 그에게 학교라는 공간은 폭력적인 공간인 동시에 동화적인 공간이었다. 그 속에는 어릴 적 친구가 있고, 좋아하는 선생님이 있고, 무엇보다도 소설책이 있었던 것이다. 그는 일본어로 된 소설을 읽으면서 작가의 꿈을 키워갔다. 「그해의 삽화」「간이주점 주인」「필례 이야기」 등은 그러한 하근찬의 사적 체험을 그린 것이다. 그가 본격적으로 한국어를 익힌 것은 초등학교 교사를 양성하는 사범학교에서였다. 해방 되던 해 그는 전주 사범학교에 입학하였으나 재학 도중 교원 시험에 합격하여 학교를 그만두고 1954년까지 국민학교 교사로 재직했다. 하근찬 소설에서 교사가 자주 등장하는 것은 이러한 체험에서 나온 것이다. 또한 교사로 재직하던 중 6·25 전쟁을 겪는데, 그에게 이 전쟁은 커다란 충격으로 다가왔다. 그것은 안온하고 평화롭던 농촌 공동체를 파괴하는 외부적인 힘으로 경험되었다. 그리하여 교사 생활에 한계를 느끼고 대학(동아대학교 토목과)에 입학한다. 그러나 대학에서도 전공 공부에 전념하지 않고 어린 시절부터의 꿈인 소설에 몰두한다. 재학 도중 학생문예 작품 모집에 소설 「혈육」이 당선(1955)되고 교육소설 모집에 「메뚜기」(1956)가 당선된다. 그러나 본격적인 작가 생활은 《한국일

Japanese-occupied Korea, however, are not all grim. To him, school was not only a place of violence but also a place of childhood stories. Associated with it were his childhood friends, teachers he was fond of, and most importantly, storybooks. He read stories written in Japanese and dreamed of one day becoming a novelist. "Scenes from That Year," "The Tavern Owner," and "Pillye's Story" are based his experiences in those years.

Ha began to learn Korean in earnest at the teacher's college that trained elementary school teachers. As he passed the teacher-licensing exam while he was a student at the Jeonju Teachers College where he entered in the year Korea was liberated, he quit college in 1954 to start teaching elementary school. This accounts for the frequent appearance of teachers in his stories. He experienced the Korean War while working as a teacher, and this war left a deep impression on Ha, who understood it as a destructive external force that destroyed the peaceful rural community. Wishing to do more than a teacher could do, he entered Dong-a University to study civil engineering but ended up spending most of his time working toward his child-

보》 신춘문예에 「수난 이대」가 당선됨(1957)으로써 시작된다. 병으로 인해 짧은 군대 생활을 마친 그는 1958년 본격적으로 소설가로 나서게 된다. 그러나 소설만으로는 생계를 이어나갈 수 없어 교육주보사, 교육자료사와 같은 교육 관련 출판사의 편집기자로 일하며 소설 창작에 몰두한다. 이후 「흰 종이 수염」 「홍소」 「왕릉과 주둔군」과 같은 걸작을 내고 자신감을 얻어 1969년부터는 전업 작가의 길을 걷는다. 전업 작가가 된 이후 장편소설 『야호』와 같은 걸작을 내기도 하지만, 그동안 쓴 많은 단편과 장편 소설들이 그에 걸맞은 평가를 받지 못하고 등단작인 「수난 이대」 한 편만이 문학사에 중요한 작품으로 기술되고 교과서에도 실리는 특이한 작가였다. 조연현 문학상, 요산 문학상, 류주현 문학상을 받았으며 국가에 공헌한 문화인에게 대한민국 정부가 주는 보관문화훈장을 받았다. 2007년 11월 25일 사망했다.

hood goal of becoming a writer. His story, "Flesh And Blood" (1955) was featured in his school literary magazine, and "Locust" (1956) was selected in an educational story contest. His career as writer proper began when "Father And Son" (1957) won the *Hankook Ilbo* New Spring Literary Contest.

Ha was discharged from the army in 1958, ahead of schedule due to his illness, and began his writing career. However, finding it difficult to make ends meet on writing alone, he worked in education-related publishers as an editor and wrote on the side. He went on to publish masterpieces such as "White Paper Beard," "A Roar of Laughter" and "The Royal Tomb And the Occupying Army," and, with his confidence on the rise, quit his day job in 1969 to focus on writing. He has written full-length novels such as *Hurray* since then, but none of his work received the attention and reception they deserved except for "Father And Son," which was cited by many scholars as a crucial work in the history of Korean literature and had a permanent place in Korean textbooks. He received the Jo Yeon-hyeon Literary Award, the Yosan Literary Award, the Ryu Ju-hyeon Literary Award, and the Jewel Crown

Culture Medal, a medal awarded by the Korean government to those who have made considerable contribution to Korean culture. Ha died in November 25, 2007.

번역 케빈 오록 Translated by Kevin O'Rourke

아일랜드 태생이며 1964년 가톨릭 사제로 한국에 왔다. 연세대학교에서 한국 문학 박사 학위를 받았으며 한국의 소설과 시를 영어권에 소개하는 데 중점적인 역할을 해 왔다.

Kevin O'Rourke is an Irish Catholic priest (Columban Fathers). He has lived in Korea since 1964, holds a Ph.D. in Korean literature from Yonsei University and has been at the forefront of the movement to introduce Korean literature, poetry and fiction, to the English speaking world.

바이링궐 에디션 한국 현대 소설 027
수난 이대

2013년 6월 10일 초판 1쇄 인쇄 | 2013년 6월 15일 초판 1쇄 발행

지은이 하근찬 | 옮긴이 케빈 오록 | 펴낸이 방재석
감수 케빈 오록 | 기획 정은경, 전성태, 이경재
편집 정수인, 이은혜, 이윤정 | 관리 박신영 | 디자인 이춘희

펴낸곳 아시아 | 출판등록 2006년 1월 31일 제319-2006-4호
주소 서울특별시 동작구 흑석동 100-16
전화 02.821.5055 | 팩스 02.821.5057 | 홈페이지 www.bookasia.org
ISBN 978-89-94006-73-4 (set) | 978-89-94006-85-7 (04810)
값은 뒤표지에 있습니다.

Bi-lingual Edition Modern Korean Literature 027

The Suffering of Two Generations

Written by Ha Geun-chan | **Translated by** Kevin O'Rourke
Published by Asia Publishers | 100-16 Heukseok-dong, Dongjak-gu, Seoul, Korea
Homepage Address www.bookasia.org | **Tel**. (822).821.5055 | **Fax**. (822).821.5057
First published in Korea by Asia Publishers 2013
ISBN 978-89-94006-73-4 (set) | 978-89-94006-85-7 (04810)